Mme E. MANNOURY LACOUR

SOLITUDES

POÉSIES

PARIS

CHARLIEU, LIBRAIRE-ÉDITEUR

BOULEVARD SAINT-MARTIN, 12

1857

AF724300

SOLITUDES

565

Ye 27172

PARIS. — IMP. SIMON RAÇON ET COMP., RUE D'ERFURTH 1

Mme E. MANNOURY-LACOUR

SOLITUDES

POÉSIES

BIBLIOTHÈQUE IMPÉRIALE
IMPR.

PARIS
CHARLIEU, LIBRAIRE-ÉDITEUR
BOULEVARD SAINT-MARTIN, 12

1857

A UNE DAME INCONNUE

QUI M'AVAIT ENVOYÉ DES VERS
EN ME DEMANDANT
SI ELLE DEVAIT LES FAIRE IMPRIMER

Ces vers, que le hasard me livre,
Seront-ils imprimés ou non?
Si le manuscrit se fait livre,
L'auteur obscur se fait un nom.

Et j'ai dit cela sans connaître
De quelle bienheureuse main
Sortent ces vers dignes de naître.
Après la nuit, comme demain.

Beaux vers, échos d'une belle âme.
Envolez-vous loin du berceau!
La poésie est une flamme
Qui fait éclater le boisseau.

Toute âme au malheur condamnée
Cherche l'hymne consolateur;
Tout poëte a sa destinée
Et tout hymne son auditeur.

Prêtresse à la sainte auréole,
Nous vous écoutons à genoux;
Vous savez le chant qui console,
Parlez à Dieu! chantez pour nous!

Vous ignorez ce que vous êtes!
Dans leurs voix pleines de douceur,
Les artistes et les poëtes
Vont vous donner le nom de sœur.

Sous le toit de marbre ou de chaume,
Savons-nous où Dieu nous conduit?
La fleur ne sait pas qu'elle embaume,
Et l'astre ne sait pas qu'il luit.

La fleur qu'en hiver on désire
Nous console des jours amers.
L'étoile conduit le navire,
Quand les ombres couvrent les mers.

Guides dans les périls de l'âme,
Ou remèdes dans les douleurs,
Les vers qui viennent d'une femme
Sont des étoiles ou des fleurs.

MÉRY.

Paris, 1er février 1857.

A MADAME

LA BARONNE DE MONTARAN

Je voudrais, comme vous, Madame,
Vers le ciel prenant mon essor,
Passer, resplendissante flamme,
Sur le monde effeuillant mon âme,
Dans les rayons d'un soleil d'or.

Mais des rapides hirondelles
Tout oiseau n'atteint pas le vol;
Vous avez le chant et les ailes,

Vous avez neuf sœurs immortelles,
Vous êtes aigle et rossignol.

Vous puisez, Madame, en vous-même,
Comme en un trésor d'Orient.
La chanson, l'ode, le poëme,
La fable, allégorique emblème
Qui nous instruit en souriant.

Dieu n'a pas mis dans ma corbeille
La palette aux mille couleurs
Qui, dans vos mains, nous émerveille;
Je ne suis qu'une pauvre abeille,
Pour mon miel il me faut des fleurs.

Aux champs, où la récolte est faite,
Humblement je porte mes pas;
Et, diligente, mais discrète,
J'arrondis ma gerbe en cachette,
Je glane et ne moissonne pas.

Aussi, courant par la campagne,
Vais-je demander mes chansons
Tantôt à la hautaine Espagne,
Tantôt à la douce Allemagne,
Belle rêveuse aux cheveux blonds.

Je pars ou reviens sur un signe,
Volant où mon butin m'attend,
Du Rhin dont j'ai cueilli la vigne,
A l'Angleterre, nid de cygne
Qui flotte sur un vaste étang.

Et j'apporte, pauvre glaneuse,
Un bouquet tout bariolé,
Que j'offre, d'une main pieuse,
A vous, la riche moissonneuse,
Dont la grange est pleine de blé

LE CHATEAU DU LAC

— Connaissez-vous le burg à la tour crénelée
Se reflétant au lac, calme et profond miroir?
Il est prince du mont et roi de la vallée,
Et, le soir, on le voit, sous la voûte étoilée,
Sombre, se découpant comme un fantôme noir.

— Je le connais. Altier comme un maître suprême,
Dans les couchers de flamme il semble s'embraser.
Les aigles de leur vol lui font un diadème,
La brume l'enveloppe, et la lune, qui l'aime,
Le caresse la nuit de son pâle baiser.

— Quand tu le vis, l'écho qui chante en la montagne
Répétait-il des sons et des accents joyeux?
Et, sur les hauts remparts, le prince et sa compagne
Menaient-ils par la main la fleur de l'Allemagne,
Leur fille, blonde vierge, à l'œil couleur des cieux?

— Quand je les vis passer sur les hautes murailles,
Le prince et sa compagne étaient vêtus de deuil;
La cloche du château sonnait des funérailles,
Et j'entendis frémir au fond de mes entrailles
Le bruit d'un lourd marteau sur les clous d'un cercueil.

A LA MORT

Pâle sœur du sommeil, ô vierge aux noires ailes.
Qui cueilles, en marchant d'un pas silencieux,
Nos fruits les plus dorés et nos fleurs les plus belles
Pour les porter aux cieux ;

Sois inflexible, ô mort ! mais ne sois pas haineuse.
Ne frappe de ta faux chaque objet qu'à son tour;
Regarde sans courroux, fatale moissonneuse,
La jeunesse et l'amour.

Assez de Niobés, dans leur douleur amère,
De larmes ont trempé ton linceul triomphant;
La tombe n'est point faite, ô mort! pour que la mère
Y couche son enfant.

La tombe, c'est le port où la triste marée
Pousse le matelot au déclin du soleil,
Le lit où de repos la vieillesse altérée
Dort son dernier sommeil!

C'est l'abîme où le corps, lassé, trébuche et tombe,
Lorsqu'il a parcouru le long sentier humain;
Mais c'est impie, ô mort! que d'ouvrir une tombe
A moitié du chemin.

D'ailleurs, des jours amers repoussant le calice,
Assez de malheureux disent à deux genoux :
O mort! nous t'implorons, la vie est un supplice;
O mort! délivre-nous.

Visite, bienfaisante, au lieu d'être cruelle,
L'amant abandonné, le cœur vêtu de deuil
Qui pleure sur l'oubli d'une amante infidèle
Comme sur un cercueil.

Accours, de ton chemin fusses-tu détournée,
Aux cris du pauvre errant sans but et sans espoir,
Qui s'éveille incertain du pain de la journée
Et de l'abri du soir.

Voilà ceux dont tu dois hâter la délivrance,
O mort! en oubliant ceux qui, loin des hivers,
Boivent, au son des luths, la vie et l'espérance
Sous les ombrages verts.

LA BÉNÉDICTION DU POËTE

Près d'un champ passait un poëte
Il écoutait de l'alouette
Le ramage perçant et clair,
Et s'amusait, âme ingénue,
A suivre jusque dans la nue
Le joyeux ménestrel de l'air.

Lorsque de la voûte sereine
Il eut ramené vers la plaine
Son regard de flamme aveuglé,

Il vit un laboureur austère
Qui, dans le sillon solitaire,
Allait, venait, semant son blé.

Et lui, débordant de tendresse,
Lui qui toujours chante ou caresse,
Qui répand son âme au hasard,
S'adressant à l'homme au front grave,
Il lui dit de sa voix suave :
« Je bénis tes champs, ô vieillard ! »

Mais le vieillard, l'âme inquiète :
« Pourquoi bénir mes champs, poëte?
Ta parole y sème des pleurs :
Arrière, funeste génie !
Une terre par toi bénie
Ne peut produire que des fleurs.

« — Ami, répondit l'âme douce,
Dieu, qui bénit tout ce qui pousse,

Herbes, feuilles, moissons, duvets,
Bénissant tes plaines fécondes,
Fera mûrir les gerbes blondes;
J'y ferai fleurir les bluets. »

PERVENCHE

J'allais dans la forêt, muette et solitaire,
Le cœur triste et traînant après lui son lien,
Quand mon œil vaguement s'abaissa vers la terre,
N'y cherchant rien.

J'aperçus une fleur, faite en forme d'étoile,
Qui fuyait le soleil et son regard de feu;
Dans l'ombre elle brillait, comme à travers un voile
Brille un œil bleu.

Elle, alors, me voyant pour la cueillir penchée :
« Lorsqu'à peine je nais, pourquoi donc me flétrir?
Tu sais bien qu'aussitôt à ma tige arrachée,
Je vais mourir. »

Alors j'enlevai tout, plante, racine et terre,
Et la fleur aujourd'hui, l'amour de mon jardin,
Continue à briller dans un coin solitaire,
Étroit Éden.

Et quand, chaque matin, de larmes humectée,
Tu rouvres ton œil bleu, j'espère, ô douce fleur!
T'entendre dire enfin à mon âme attristée :
Merci, ma sœur!

JE T'AIME

D'où vient vers ce papier que je me tourne encor?
Ne le demande pas, je n'ai rien à te dire ;
Mais, plus heureux que moi, mon unique trésor,
Il va te voir, et je soupire!

Pourquoi donc ce papier, hélas! et non pas moi?
Oh! c'est que je languis en des chaînes mortelles ;
Dieu, qui soumit mon corps à cette dure loi,
A mon âme devait des ailes.

Il ne te dira rien d'un bout à l'autre bout,
Si ce n'est que t'aimer est mon bonheur suprême :
Que je t'aime ! Attends donc : que je t'aime ! est-ce tout?
Mais non, ce n'est pas tout : Je t'aime !

Je t'aime ! comprends-tu ? Toujours, à tout moment,
Le jour, le soir, la nuit ! Mon cœur, c'est la boussole,
Qui vacille sans fin, mais qui, fatalement,
Tout en vacillant tourne au pôle.

C'est ainsi, quand jadis tu t'offrais devant moi,
Que je restais muette, immobile, ravie.
Qu'aurais-je dit? Mon âme était passée en toi,
Et ma vie était dans ta vie.

LE PARTAGE DE LA TERRE

Alors que le Seigneur, de sa droite féconde,
Eut, dans les champs de l'air, laissé tomber le monde;
Qu'il eut tracé du doigt,
Comme fait le pilote à la barque qui passe,
La route qu'il devait parcourir dans l'espace,
Il dit : Que l'homme soit !

A sa voix s'agita la surface du globe;
La terre secoua les plis verts de sa robe,
Et le Seigneur alors vers lui vit accourir,

Comme des ouvriers demandant leurs salaires,
De l'équateur en flamme et des glaces polaires,
Ces atomes d'un jour qui naissent pour mourir.

Cette terre est à vous, dit le Maître suprême :
Ainsi que fait un père à ses enfants qu'il aime,
Les lots vous sont offerts.
Chaque homme a droit égal au commun héritage ;
Allez ! et faites-vous le fraternel partage
De la terre et des mers.

Alors, selon sa force ou bien son caractère,
L'homme, petit ou grand, prit sa part de la terre :
Le noble eut le donjon aux gothiques arceaux,
Le laboureur le champ où la rivière coule,
Le commerçant la route où le chariot roule,
Le nautonier la mer où glissent les vaisseaux.

Déjà, depuis longtemps, le prince avait le trône,
Le pape la tiare et le roi la couronne;
Et le pâtre craintif

Sur les monts gazonneux le troupeau qu'il fait paître,
Quand, venant le dernier, le Seigneur vit paraître
Un homme à l'œil pensif.

D'un rêve sur son front on voyait flotter l'ombre;
Il marchait lentement, triste sans être sombre;
Parfois il s'arrêtait pour cueillir une fleur;
Enfin, au pied du trône il releva la tête,
Et dit, en souriant: — Moi, je suis le poëte;
N'avez-vous rien gardé pour votre fils, Seigneur?

Dieu dit: — Tu viens trop tard! Lui, répondit: — Peut-être
— Non: tu vois qu'ici-bas toute chose a son maître
De son avoir jaloux;
Mais où donc étais-tu, tête en rêves féconde,
Quand on faisait sans toi le partage du monde?
— J'étais à vos genoux!

Mon regard admirait la splendeur infinie,
Mon oreille écoutait la céleste harmonie;
Pardonnez donc, mon père, à l'esprit contempteur

Qui, perdu tout entier dans l'immense mystère,
S'est laissé prendre, hélas! sa part de cette terre,
Tandis qu'il adorait son divin Créateur.

— Et pourtant tout est pris, dit le Maitre sublime,
La côte et l'Océan, la vallée et la cime :
Que veux-tu? c'est la loi!
Mais, en échange, viens, en tout temps, à toute heure,
Je te garde, mon fils, place dans ma demeure.
Et mon ciel est à toi.

LA VIOLETTE

Dans un pré se cachait une humble violette.
Voici qu'un jour
Une jeune bergère accourt, leste et coquette,
Chantant l'amour.

« Oh! dit en l'admirant la fleur toute charmée,
Que je voudrais
Être pour un instant ta violette aimée,
Mourir après! »

Lors, sans même la voir, la bergère distraite
Vint et posa
Le bout de son pied blanc sur la pauvre fleurette
Et la brisa.

Mais la fleur, tout entière à l'amour qui l'enivre :
« Heureuse loi !
Qui permet que pour toi celle qui n'a pu vivre
Meure par toi! »

LA FILLE DE L'HOTESSE

Trois joyeux compagnons suivaient les bords du Rhin;
Ils trouvent une auberge. Un d'eux pousse la grille :
— L'hôtesse, as-tu toujours bière fraîche et vieux vin?
— L'hôtesse, as-tu toujours ta belle jeune fille?

— Ma bière est toujours fraîche et mon vin toujours vieux,
Répond l'hôtesse triste et la tête penchée;
Mais, quant à ma Gretchen, ô compagnons joyeux!
Entrez, vous la verrez dans un cercueil couchée.

Ils entrèrent. L'enfant, dormant dans son linceul,
Voguait sur l'océan qui n'a point de rivage!
Un des trois compagnons d'elle s'approcha seul,
Et, soulevant le drap qui couvrait son visage :

— Pourquoi donc ta paupière, ô vierge au front si beau!
S'est-elle aux feux du jour avant le soir fermée?
Si tu vivais encore, au lieu d'être au tombeau,
A partir d'aujourd'hui, vierge, je t'eusse aimée. »

Le second prit le drap aux mains de son ami,
Et, laissant retomber le voile mortuaire,
Il détourna les yeux de cet ange endormi,
Disparu de nouveau sous les plis du suaire.

— Oh! pourquoi le destin, objet charmant et doux,
Ne m'a-t-il pas plus tôt conduit vers ta demeure?
J'en atteste le ciel, j'eusse été ton époux,
Ne fût-ce qu'une année, un mois, un jour, une heure.

Mais le troisième, alors, à son tour s'avançant,
Découvrit son front pâle et sa bouche glacée:
Et, sur ses yeux fermés tout en pleurs se baissant,
Il prononça ces mots d'une voix oppressée :

— M'as-tu donc oublié, Gretchen, ô mes amours !
Que voici que tu pars au moment où j'arrive.
Hélas! comment veux-tu désormais que je vive,
Moi qui t'aimai, qui t'aime, et t'aimerai toujours!

L'IDÉAL

Idéal ! idéal ! tu me fuis, infidèle !
Avec tes horizons aux changeantes couleurs,
Tu retournes à Dieu, qui vers lui te rappelle,
Me laissant une plume arrachée à ton aile,
Et que je trempe dans mes pleurs.

Astre dont ma jeunesse avait béni la flamme,
Dans quels cieux le Seigneur t'a-t-il donc emporté ?
Un monde plus heureux sans doute te réclame,
Que tu laisses tomber sur mes yeux et mon âme
La nuit de la réalité !

Malheur à qui te perd et qui doit te survivre,
Fruit qui tombes de l'arbre avant que de mûrir,
Fleur du jardin perdu, dont le parfum enivre,
Phénix des premiers ans que nul n'a vu revivre,
Et que chacun a vu mourir !

De même qu'autrefois l'amant de Galatée,
L'heureux Pygmalion, sous le ciseau vainqueur,
Vit à son souffle ardent, rival de Prométhée,
S'animer la statue au néant disputée,
Et sous le marbre battre un cœur;

Ainsi mes bras jadis réchauffaient un fantôme,
Jusqu'à ce que son cœur battît contre le mien;
J'appelais un palais ma cabane de chaume,
Et je croyais avoir retrouvé le royaume
Du voyageur vénitien.

Alors, bel idéal que j'ai vu disparaître,
Tu répondais au cri de mon espoir joyeux;
Sous chacun de mes pas les roses semblaient naître,
Et le monde chantait aux pieds du divin Maître
Son chant le plus harmonieux.

Que ce monde était grand ! Mille routes fleuries
Offraient de me conduire à mon but étoilé !
Telles qu'aux jours anciens les blanches théories,
Je voyais devant moi marcher mes rêveries,
Palmes en main et front voilé.

Il me semblait qu'un pont tout brillant de rosée
S'étendait sous mes pas, gigantesque Babel ;
Que par un séraphin chaque arche était posée,
Et que ce pont divin, par une route aisée,
Conduisait de la terre au ciel.

Et par ce pont montait la cohorte choisie
De ces illusions qui font de l'homme un dieu,
La fortune versant sa trompeuse ambroisie,
L'amour aux ailes d'or, l'ardente poésie
Avec sa couronne de feu.

Mais nul ne doit atteindre à l'éclatante cime,
Un souffle a fait crouler le pont mystérieux !
Hélas ! ce que je crus le faîte était l'abîme ;
Et maintenant, sans toi, comment, guide sublime,
Retrouver le chemin des cieux?

Va, tu me fuis en vain, rayon que tous les âges
Ont poursuivi d'un triste et d'un constant effort,
Je te retrouverai, roi des brillants mirages,
Dussé-je, pour t'atteindre au delà des nuages,
Emprunter l'aile de la mort!

LA COURONNE DE LA FÉE

Dans le mois où le givre brille
En atomes éblouissants,
Courant des prés à la charmille,
Voyez cette petite fille
Qui compte de neuf à dix ans.

Elle cherche des fleurs écloses !
Enfant qui doit savoir un jour
Qu'il est un temps pour toutes choses,
Et qu'il est un mois pour les roses
Comme une saison pour l'amour.

« Oh! quel malheur! dit la pauvrette,
La terre a perdu son trésor:
Pas la plus pauvre pâquerette,
Pas la plus humble violette,
Pas le plus petit bouton d'or! »

Comme répondant à sa plainte,
Elle aperçoit, sortant du bois,
Une fée à la taille ceinte
D'une guirlande d'hyacinthe,
Qui lui dit de sa douce voix :

« Fille de la dernière aurore,
Sur ton front que Dieu bénira,
Mets cette couronne incolore,
Elle ne fleurit pas encore,
Mais un jour elle fleurira. »

Et, quand l'enfant eut atteint l'âge
Que le printemps comble de dons,
Qu'elle alla rêver au bocage,
Dans sa couronne de feuillage
On vit s'arrondir des boutons.

Et, quand, de l'amoureux poëme
Écoutant les tendres douleurs,
Elle entendit ces mots : — Je t'aime !
Diaprant le vert diadème,
Les boutons devinrent des fleurs.

Et, quand, pareille à la madone,
Dans ses bras elle vit grandir
Le doux trésor que l'amour donne,
Parmi les fleurs de sa couronne,
Un fruit commença de mûrir.

Et, quand, gémissante et voilée,
Elle suivit de ses douleurs
L'époux sous le froid mausolée,
De la couronne désolée
Elle vit tomber fruits et fleurs.

Mais, quand de sa trame mortelle
Le fil à son tour se brisa,
La couronne redevint telle
Qu'au jour où la dame immortelle
Sur son front d'enfant la posa.

LE MOINE ET LE BERGER

— Pourquoi, seul, es-tu là plongé dans la douleur,
O berger ! l'œil fixé sur la triste vallée?
Peut-être, de ton front si je crois la pâleur,
Si jeune que tu sois, connais-tu la douleur,
Et ta vie est-elle voilée ?

— Tu demandes pourquoi, moine, muet et seul,
Mon regard s'assombrit au deuil de la nature ?
C'est que la neige au loin étend son froid linceul,
Que la fleur est fanée et que l'épais tilleul
A perdu sa verte parure.

— Oh! pour si peu, berger, crois-moi, ne gémis pas :
La nature n'a point d'entraves éternelles ;
L'hiver, c'est le sommeil, et non point le trépas ;
La neige, au feu de mai, va fondre, et tu verras
Naître fleurs et feuilles nouvelles.

Regarde cette croix, mon seul bien désormais!
Las! elle a dans mon cœur, que la tristesse navre,
Pris la place, ô berger! de tout ce que j'aimais.
Son bois ne reverdit et ne fleurit jamais,
Et porte sans cesse un cadavre!

LE ROI DE THULÉ

Il était un roi de Thulé
Auquel, en mourant, sa maîtresse
Laissa, gage de sa tendresse,
Une coupe d'or ciselé.

Aucun objet n'offrait le charme
Qu'à ses yeux cette coupe avait,
Et, chaque fois qu'il y buvait,
Au vin se mêlait une larme.

Lorsque le moment fut venu
Qui de nos jours éteint la flamme,
Et qu'il sentit flotter son âme
Aux portes du monde inconnu,

Joyeux de mourir, le vieux prince
Fit appeler son héritier,
Lui léguant son royaume entier
Jusqu'à la dernière province;

Lui donnant palais et trésor,
Chevaux, armes, joyaux, couronne,
Manteau de pourpre, sceptre, trône,
Tout, excepté la coupe d'or.

Il se la fit apporter pleine
D'un vin savoureux et vermeil;
Et, buvant au dernier sommeil,
La vida d'une seule haleine.

Puis, dans la mer aux flots discrets
Il la jeta par la fenêtre,
La vit s'emplir et disparaître,
Et ne but jamais plus après !...

LA CHANSON DU PAUVRE

Je suis né de pauvre famille,
Et pauvre je suis demeuré ;
Quand l'enfant naît, la gaieté brille :
A ma naissance on a pleuré.

Ma mère aimait un pauvre hère,
Dieu le reprit à son amour;
Puis à son tour, hélas ! ma mère
Mourut en me donnant le jour !

Je grandis, demandant l'aumône,
Et je vis que, grâce au prochain,
Dans la moderne Babylone,
Chaque jour amenait son pain.

Comme l'oiseau, comme l'abeille,
Aussi dans le ciel confiant,
En souriant je me réveille,
Et je m'endors en souriant.

Je sais bien qu'au pauvre personne
Ne dit bonjour, ne dit adieu ;
Mais, quand la cloche du soir sonne,
Dieu me parle, et je parle à Dieu.

En voyant mon mince bagage,
Chacun me défend son palier;
Mais, dans l'église du village,
J'ai place ainsi qu'un marguillier.

Comme si j'étais riche et maître,
Au lieu d'être pauvre et honni,
Là, j'ai ma part du chant du prêtre,
Là, j'ai ma part du pain béni;

Sans compter le suprême asile
Dont la mort garde l'escalier,
Où, nous le promet l'Évangile,
Le dernier sera le premier.

LA PÈLERINE

Un jour, la jeune et noble Hélène,
Fille du comte de Gournay,
De son salut étant en peine,
Résolut de faire neuvaine
A Notre-Dame de Bernay.

Un palefroi, fier de sa selle,
Où l'or brille en fauves reflets,
Porte la noble demoiselle,
Que suit une escorte fidèle
De chevaliers et de varlets.

Elle a, pour la sainte aventure,
Choisi ses plus beaux vêtements;
Et, soigneuse de sa coiffure,
Emprisonné sa chevelure
Sous les fleurs et les diamants.

Devant la chapelle où le psaume
Est chanté par de chastes voix,
Attend un jeune gentilhomme
Qui serait digne d'un royaume
Si la beauté faisait les rois.

Il vit passer la noble Hélène.
— Pourquoi tant d'or et de bijoux,
Dit-il, ô belle châtelaine!
Quand peut ta bouche de sirène
D'un mot nous mettre à tes genoux?

Quant à moi, je sais que j'envie
Ceux-là qui par toi souffriront,
Et que je donnerais ma vie
Pour une simple fleur ravie
A la couronne de ton front.

A peine eut-il dit, que, propice
A ce souhait doux et fatal,
Le vent, se faisant son complice,
Détachait un pâle narcisse
Du diadème virginal.

La fleur, comme un flocon de neige,
Aux pieds du jeune homme tomba :
Et lui, d'une main sacrilége,
Écartant les gens du cortége,
Pour la ramasser se courba.

Mais, parmi les suivants d'Hélène,
Était un sombre chevalier
Que la moqueuse châtelaine,
Sans pitié pour sa tendre peine,
S'amusait souvent à railler.

— Holà ! dit-il, je tiens pour traître
Quiconque ne saurait pas bien
Le prix qu'à cette fleur doit mettre
Celui qui veut s'en rendre maître :
C'est tout son sang ou tout le mien.

Le gentilhomme, à cet outrage,
Le front livide de pâleur,
Répondit en jetant pour gage
Son gant au milieu du visage
Du chevalier provocateur.

Plus rapide que dans un rêve,
A leur main, par un double accord,
On vit alors briller le glaive,
Et le combat n'eut point de trêve
Que l'un des deux ne tombât mort.

Oh! malheur au pâle narcisse
Qui semble né loin du soleil!
Malheur à la brise complice!
A la terre, ingrate nourrice,
Qui boit le sang jeune et vermeil!

Devant la céleste madone
Hélène, en pleurant, s'inclina,
De son front ôta sa couronne,
Et dit à la sainte patronne,
Tandis qu'on chantait l'hosanna :

« Daigne accepter, divine mère,
Un cœur brisé, mais sans remords,
Qui du bonheur sait la chimère,
Et veut, dans sa douleur amère,
Désormais prier pour les morts. »

FANTOMES

Aux lugubres rayons d'une lune voilée,
Deux amants cheminaient, causant à si bas bruit,
Qu'il semblait que leur voix, à peine articulée,
Était celle du vent qui parlait à la nuit.

On eût dit qu'ils cherchaient les endroits les plus sombres,
L'ombrage des cyprès, le feuillage des ifs;
Leurs formes derrière eux ne projetaient pas d'ombre;
Un hibou les suivait avec des cris plaintifs.

Minuit sonna. Leurs mains, jusqu'alors enlacées,
Parurent, à ce bruit, se quitter à regret.
— A demain! dirent-ils; et leurs lèvres glacées
Se joignirent encor dans un baiser muet.

Et, lorsque s'éteignit la douzième volée,
Tous deux avaient déjà regagné leurs tombeaux :
Lui, dans le vieux manoir à la tour crénelée;
Elle, à l'ombre du cloître aux gothiques arceaux.

L'APPROCHE

J'entre dans ton jardin tout plein de fleurs écloses,
Mais vainement mon œil s'égare en t'y cherchant ;
Les papillons dorés voltigent sur les roses,
Le rossignol y fait entendre son doux chant.

On voit que chaque chose attend la bien-aimée,
Que pour elle l'oiseau chante son chant si doux,
Que la rose, exhalant son haleine embaumée,
Dit : — Salut à la sœur qui s'approche de nous.

Et moi, qui de t'aimer me suis fait une étude.
Qui respire, joyeux, ta présence dans l'air,
Je te devine au sein de cette solitude,
Comme on sent l'invisible au milieu de l'éther.

LE CIEL

Seigneur, le monde entier n'est qu'une sombre plaine,
Où tout homme bâtit sa croulante Babel;
Une fausse oasis où chaque jour amène
D'illusions sans fin une impalpable chaîne :
Seigneur, rien n'est vrai que le ciel!

Un nuage obscurcit les plus belles journées,
Le suc de l'aconit empoisonne tout miel,
Les roses de l'amour naissent déjà fanées,
L'éphémère beauté fuit avant les années :
Seigneur, rien n'est brillant qu'au ciel!

8

Nous cherchons vainement d'une vue inquiète
La colonne de feu qui guidait Israël;
La foudre incessamment gronde sur notre tête,
Nous prenons pour le jour l'éclair de la tempête :
Seigneur, rien n'est calme qu'au ciel!

COURSEULLES

Le soleil se levait. La nocturne marée,
Comme il montait aux cieux, sur la rive montait;
Une barque voguait sur la mer azurée,
Et, joyeux du retour, l'équipage chantait.

Le soir, au même lieu je revins inquiète;
Le soleil pâlissait; la barque, sans appui,
Sur le sable gisant, solitaire et muette,
Était encore là ; mais la vague avait fui.

La nuit vint : la lumière, à la terre ravie,
Laissa l'Océan sombre et le rivage noir;
Et, le front incliné, je me dis : C'est la vie,
Radieuse au matin, triste et sombre le soir.

LE SOUHAIT

Oh! si nous possédions à nous deux, bien-aimée,
Loin des hivers brumeux, sous un ardent rayon,
Quelque île solitaire, inconnue, embaumée,
Perdue au sein des mers comme un nid d'alcyon;

Où de l'arbre jamais une feuille ne tombe,
Où l'abeille en tout temps dérobe aux fleurs son miel,
Où le ramier sans cesse appelle la colombe,
Où l'ouragan jamais n'assombrisse le ciel;

Où coule incessamment une onde murmurante,
Où le soleil s'arrête avec un œil d'amour,
Où l'étoile flamboie, où l'ombre transparente,
Au lieu d'être la nuit, soit l'absence du jour;

D'un amour aussi pur que l'eau de la fontaine
Qui roule sur le marbre au sein des verts tapis;
D'un cœur aussi brûlant que la brûlante haleine
Que souffle le lion dans le mois des épis;

Là, nous nous aimerions sans crainte, sans envie,
Faisant de cet amour notre unique trésor,
Et bénissant le Dieu qui ferait cette vie,
Comme on le bénissait aux jours de l'âge d'or.

Car chaque heure, pour nous, serait une heure heureuse,
Car les ans passeraient rapides et joyeux,
Et la mort descendrait sur nous, calme et rêveuse,
Comme au soir d'un beau jour la nuit descend des cieux!

LE CAVEAU DES ANCÈTRES

Un chevalier suivait la route solitaire,
Armé de pied en cap sur son destrier noir,
Et l'on voyait grandir sa silhouette austère
Dans le crépuscule du soir.

C'était un beau vieillard à la haute stature,
Aux cheveux argentés par quatre-vingts hivers;
Il descendit au seuil d'une chapelle obscure,
Et par les deux battants ouverts

Il entra pesamment sous le noir péristyle,
S'avança jusqu'au chœur, et là compta des yeux
Douze tombeaux rangés sur une double file,
Dernier palais de ses aïeux.

Alors des profondeurs de la demeure sainte
Sortit, montant au ciel, un chant funèbre et doux.
« Oh ! dit-il, j'ai compris, puisque dans cette enceinte
Je viens me réunir à vous.

« Serrez vos rangs, ô morts ! que j'y prenne ma place,
Aïeux ! c'est de mon nom et le droit et l'honneur;
Et, quoique le dernier de notre illustre race,
J'en suis digne, grâce au Seigneur ! »

Vers le coin le plus sombre alors, froid et livide,
Il marcha, par la mort déjà presque vaincu,
Se coucha lentement au dernier tombeau vide,
Sous sa tête mit son écu;

Puis, joignant ses deux mains sur la croix de son glaive,
S'endormit du sommeil du juste et du guerrier;
Et le chœur des esprits murmura comme un rêve :
— Repose en paix, bon chevalier !

LA FIANCÉE DE CORINTHE

Vite, esclave, debout ! on frappe à notre porte ;
Informe-toi qui peut si tard venir à nous.
Eh bien ? — c'est Clinias d'Athène; il vous apporte
Le salut de son père, ami de votre époux.

— Ouvre la lporte, escave, il est de la famille ;
Autrefois, dans un jour, plus heureux et plus beau,
Il fut le fiancé de Néère, ma fille,
Avant qu'à notre amour la reprît le tombeau.

Ouvre; mais ne dis rien de la triste nouvelle;
Demain il sera temps qu'il sache nos malheurs :
C'est toujours une nuit, si rien ne se révèle,
De plus pour l'espérance et de moins pour les pleurs.

Le jeune Athénien entre d'un pas timide;
Sera-t-il aujourd'hui reçu comme autrefois?
Il adore les dieux de Paphos et de Cnyde;
Ses hôtes, le martyr qui mourut sur la croix.

La mère le reçoit, triste, mais empressée,
Le conduit à la chambre où l'attend le repos;
Et, lui montrant la table à la hâte dressée,
Et la couche au chevet couronné de pavots :

— Mon fils, cette maison, dit-elle, est votre empire;
Voici les gâteaux frais, voici le vin vermeil,
Le lit réparateur où le rêve soupire :
Mangez, buvez, dormez; bon repas! bon sommeil!

Elle sortit ; mais lui, que la fatigue emporte,
Accepte seulement le lit hospitalier.
Or, à peine dort-il que, sans bruit, par la porte,
Se glisse dans sa chambre un hôte singulier.

C'est une jeune fille à l'aube de son âge,
Qui comptera seize ans quand les fleurs renaîtront;
Un voile transparent couvre, flottant nuage,
Son front pâle et ses mains pâles comme son front.

Mais elle, en le voyant, fait un pas en arrière,
Et, pudique, levant ses deux bras vers le ciel :
— Suis-je donc à ce point devenue étrangère,
Que j'ignore qui vit sous le toit maternel ?

Dors, jeune homme ; Phœbé, pâle reine des ombres,
En silence parcourt son empire d'azur :
Dors, par les froids chemins et les corridors sombres,
Moi, je vais regagner mon lit étroit et dur.

Mais lui, rouvrant les yeux à cette voix chérie :
— Oh ! ne t'éloigne pas, ma Néère, c'est moi,
Moi qui délaisse tout, et famille et patrie,
Pour venir, plein d'amour, te réclamer ta foi !

Oh ! reste près de moi, ma belle fiancée,
Quitte pour ton époux cet aspect glacial :
Par les soins maternels, vois, la table est dressée,
Et l'amour nous convie au festin nuptial.

Elle alors : — Laisse-moi, jeune homme à la voix douce,
A ce monde j'ai dit un éternel adieu ;
C'est ma main et non pas mon cœur qui te repousse :
Hélas ! ta fiancée est l'épouse d'un Dieu.

Mais lui, sans écouter cette chaste prière :
— J'en atteste, dit-il, et Vénus et l'Amour,
Dès ce soir nous serons unis, ô ma Néère !
Et demain nous fuirons Corinthe avant le jour.

D'un devoir rigoureux ne te fais pas victime,
Crois-moi, tu peux m'aimer sans crainte et sans remords;
Je saurai t'arracher à ce Dieu qui t'opprime,
Ce Dieu fût-il Pluton, le sombre roi des morts. —

Expirant sur sa bouche, une plainte inquiète
Fut sa seule réponse à ce tendre serment;
Au nocturne festin elle s'assit muette,
Laissant sa main de marbre aux mains de son amant.

Mais, lorsque sonna l'heure où la lune, plus pâle,
Devant les noirs esprits se voile en gémissant,
Avec avidité, dans la coupe d'opale,
Elle but par deux fois le vin couleur de sang.

Et seulement alors elle sembla renaître;
Puis, remplissant la coupe une troisième fois :
— A ton tour, maintenant, mon époux et mon maître;
Bois, dit-elle, les dieux aiment le nombre trois! —

Lors, le regard brillant du feu de l'escarboucle,
Comme un gage d'amour lui donnant son anneau,
Sur le front du jeune homme elle prit une boucle
De ses cheveux plus noirs que l'aile du corbeau.

Et lui, dont cette ardeur comble la douce attente,
L'entraîne vers sa couche, où sourit le plaisir;
Mais Néère résiste, et, sombre, haletante.
Se dégage du bras qui vient de la saisir.

— Oh! dit-elle, contiens cette flamme insensée,
Ou le secret terrible, alors, tu le sauras.
Blanche comme la neige, et comme elle glacée,
Las! telle est ta Néère, ô mon beau Clinias!

— Que m'importe! dit-il, pauvre sacrifiée!
Du Styx aux froides eaux lorsque tu sortirais,
Lorsque tu me serais par la tombe envoyée,
Sous mes baisers ardents je te réchaufferais! —

Et, de nœuds plus étroits enlaçant sa maîtresse,
Il rend, pour résister, ses efforts superflus.
Elle, vaincue alors, entre ses bras le presse,
Appuyant sur son cœur un cœur qui ne bat plus.

La mère, cependant, ménagère attardée,
Qui veille d'habitude à l'heure où chacun dort,
Par d'étranges accents vers la porte guidée,
Pénètre à pas muets dans le noir corridor.

Elle entend des serments, elle entend des murmures;
Et, cédant au courroux un instant contenu :
— Ai-je donc sous mon toît de telles créatures,
Qu'elles fêtent ainsi le premier inconnu !

Par Vesta, c'en est trop! Et dans la chambre où brille
La lampe de la nuit, étoile au doux reflet,
Elle entre, menaçante, et reconnaît sa fille
Aux bras de l'étranger, toute morte qu'elle est.

Lui, voyant l'anathème effleurer cette bouche,
Veut cacher sa Néère en son sein frémissant;
Mais elle, lentement, grandissant sur sa couche,
Prend la forme d'un spectre, et, d'un sinistre accent :

— Oh ! dit-elle à son tour, est-ce bien vous, ma mère,
Qui venez me chasser de ce tiède séjour,
Et qui, me poursuivant de votre plainte amère,
M'enlevez sans remords ma belle nuit d'amour !

N'était-ce point assez, à ma perte obstinée,
Jetant un voile noir sur mon printemps si beau,
De m'avoir, à quinze ans, vierge, à l'autel traînée,
Cousue en mon linceul et couchée au tombeau?

Mais une loi me pousse hors de ma froide bière;
A l'heure des esprits du sépulcre je sors :
La terre des tombeaux, vous le voyez, ma mère,
Sans refroidir le cœur peut recouvrir le corps.

Vous avez, quand Vénus sur nous régnait encore,
Promis à Clinias et mon cœur et ma foi;
Et, du fond de la nuit qui n'eut jamais d'aurore,
Je viens le réclamer : Clinias est à moi !

Afin de l'emporter dans le lieu solitaire,
J'ai, de ma main, coupé cette boucle à son front;
Beau jeune homme, tes jours sont comptés sur la terre :
A partir de demain tes cheveux blanchiront.

Maintenant écoutez ma suprême prière :
De mon tombeau rouvert ôtez les ossements,
Et, lorsque le trépas aura clos sa paupière,
Sur le même bûcher couchez les deux amants.

C'est le dernier bienfait que de vous je réclame,
Afin que, réunis loin d'un monde odieux,
Ensemble nous montions, sur des ailes de flamme,
Vers notre vieil Olympe et nos antiques dieux !

L'ENFANT ET LA NEIGE

Un enfant disait à la neige :
Pourquoi ne pas rester, fille du Nord jaloux,
Au sommet de ces monts que la tempête assiége,
Au lieu de descendre vers nous?

O neige! ta présence afflige
Ces beaux jardins que nous aimons;
Neige! je hais ton blanc prodige;
Neige! reste au sommet des monts!

Ton linceul glacé nous dérobe
Nos verts gazons déjà par l'automne jaunis,
Et tu veux étouffer, dans les plis de ta robe,
Nos blés par le soleil bénis.

Sur le ciel bleu, neige inféconde,
J'ai vu tes flocons ruisselants;
Et, sous ton froid manteau, le monde
Semble un vieillard à cheveux blancs

La campagne se change en marbre
Aussi loin que je l'entrevois,
Et j'entends les branches de l'arbre
Se plaindre en craquant sous ton poids.

Le corbeau t'aime, ô pâle neige!
Parce qu'à ta blancheur son plumage ressort,
Alors qu'en tournoyant sous un ciel de Norvége
Il chante son hymne à la mort.

Mais le petit oiseau dont l'aile
Grelotte, de givre couvert,
Te maudit, ô neige cruelle!
Dans son buisson aux vents ouvert.

Le voyageur, cherchant sa route,
Quand le jour penche à son déclin,
Te maudit aussi, car il doute
S'il suit ou perd le bon chemin.

Les saules, sous tes blancs atomes,
Changeant à ses regards de forme et de couleur,
Aux rives du ruisseau sont autant de fantômes
Dont chacun accroît sa pâleur.

Grâce à toi, le prochain dimanche,
Les écoliers, dans leurs ébats,
Se livreront, ô neige blanche!
Des simulacres de combats;

Et, dans leur plaisir sacrilége,
D'autres, du mal faisant un art,
Te durciront, glissant piége
Tendu sous les pas du vieillard.

Mais des méchants Dieu qui nous venge
Fera tomber sa pluie ou briller son soleil;
Et ton éclat trompeur ne sera plus que fange
Demain, neige, à notre réveil.

Et la neige, à son tour, dit à l'enfant vermeil :

Ces blanches et légères brumes,
Qui, pendant janvier, troublent l'air,
Et d'un cygne semblent les plumes,
Enfant, sont les fleurs de l'hiver.

La Poésie au front austère
Chante mes reflets éclatants;
Je suis le voile de la terre,
Vierge fiancée au printemps.

Le laboureur voit avec joie
Briller mon manteau de glaçons,
Plus tiède qu'un manteau de soie
Pour le germe de ses moissons.

Enfant! ta jeune insouciance,
Qui ne cherche que le plaisir,
Maudit, dans son imprévoyance,
Tout ce qui combat ton désir.

Mais Dieu, qui sait le but des choses,
Qui ne fait rien à l'abandon,
Qui bénit l'ortie et les roses,
La violette et le chardon;

Dieu, qui ne fait rien d'éphémère,
D'inutile ni d'imparfait,
A fait la neige. — Enfant, ta mère
T'a dit : — Dieu fait bien ce qu'il fait.

Car avril à la froide aurore
Bientôt, sans moi, viendrait flétrir
La feuille que mai fait éclore,
Le fruit que juillet fait mûrir.

Que cela ne te trouble guère,
Si des écoliers étourdis
Se servent de moi dans leur guerre
Des dimanches et des jeudis.

Les hommes seraient sans alarmes
Et les nations sans effroi,
Si leurs discordes et leurs armes
Fondaient aussi vite que moi.

Si quelque enfant d'humeur amère
Prépare un piége, je ferai,
Pour le punir, tomber sa mère
Au piége par lui préparé.

Plus tard, tu sauras qu'il faut l'ombre
Pour doubler l'éclat du flambeau,
Et que l'hiver, étant moins sombre,
Enfant, ferait l'été moins beau.

Tu sauras que la vie humaine,
Tissu de joie et de douleurs,
N'est qu'une interminable chaîne
De sourires mêlés de pleurs.

Mais du bonheur tels sont les charmes,
Mais du soleil tels sont les feux,
Qu'un sourire efface cent larmes,
Un jour pur, cent jours orageux !

Quand la fleur, longtemps attendue,
S'ouvre en parfumant l'avenir,
De la neige, en avril fondue,
Qui donc garde le souvenir ?

Et, puisqu'il faut que tout cœur saigne,
Puisque le malheur mène au bien,
Je souhaite, enfant, que son règne
Ne soit pas plus long que le mien;

Et que le sombre archange, en te touchant de l'aile,
Fasse, pour cette vie et pour l'éternité,
Mûrir en toi, ces deux fruits d'or, que l'on appelle
L'un résignation, et l'autre charité!

L'AME

Quand du lit du mourant s'envole l'espérance,
Qu'on n'entend que des cris, qu'on ne voit que des pleurs;
Quand le froid du trépas termine la souffrance
De cette chair vouée aux humaines douleurs ;

De sa prison chassée, où va l'âme immortelle?
Elle ne peut rester, elle ne peut mourir;
Échappée au lien du corps, visite-t-elle
Ce champ d'azur qui voit les étoiles fleurir?

Éternelle, invisible, immense, impérissable,
Contemplant à la fois et la terre et les cieux,
Plane-t-elle, embrassant depuis le grain de sable
Jusqu'aux soleils tournant sur leurs brûlants essieux?

Oui, son œil, dégagé de nos ombres funèbres,
Au delà du lointain avenir s'étendra,
Et, du sombre chaos pénétrant les ténèbres,
Saura tout ce qui fut et tout ce qui sera.

Elle verra mourir, elle verra renaître
Les mondes dans leur morne et lente hérédité,
Et le dernier d'entre eux à son tour disparaître,
Immuable elle seule en son éternité;

Au-dessus de l'amour, de l'espoir, de la haine,
Voguant sur l'infini, cet océan sans bord,
Et, dans sa majesté lumineuse et sereine,
Se souvenant de tout, excepté de la mort!

?

Sa maison est là-bas, au pied de la colline,
C'est elle que l'on voit blanchir à l'horizon ;
Tous les jours, au moment où le soleil décline,
Je sors, et, sans projets, je vais vers sa maison.

Chaque soir je la vois, quand je passe, apparaître,
Et chaque soir je suis plus heureux de la voir ;
Jamais elle n'a dit : « Vous passerez ce soir,
Ni moi : — Soyez à la fenêtre ! »

Comment est-ce arrivé? Mais, depuis quelque temps,
Elle me tend la main au moment où je passe;
Et, courant, tout joyeux, cette main, je la prends,
Et, chaque jour, plus fort je la serre et l'embrasse.

Elle ne dit pas non, je ne lui dis pas oui;
Mais, comme nous brûlons tous deux des mêmes fièvre
Hier, ma bouche a touché la sienne, et sur nos lèvre
Un baiser s'est épanoui!

Le zéphyr ne dit pas à la rose embaumée,
Alors qu'il-la salue au matin d'un beau jour :
— Donne-moi ton parfum, ma rose bien-aimée,
Ni la rose au zéphyr : — Donne-moi ton amour!

J'ignore quand s'est fait cet échange suprême
De deux cœurs pour toujours réunis désormais;
Elle m'aime, je l'aime; et cependant jamais
Aucun de nous n'a dit : Je t'aime!

LAMENTATION

Oh! certes, c'est un sort funeste, épouvantable,
Qu'avant que du sépulcre il ait touché le seuil,
Un cœur, sous les semblants d'une mort véritable,
Soit, tout vivant encor, cloué dans un cercueil.

Mais il est un destin bien plus cruel au monde,
Il est un plus fatal et plus terrible sort,
Il est une douleur bien autrement profonde :
C'est d'être, encor vivant, le cercueil d'un cœur mort!

OH! LAISSE REPOSER MON CŒUR!

Oh! laisse reposer mon cœur plein de tristesse,
Qu'ont délaissé l'amour, l'espoir et la jeunesse,
Qui demande, épuisé, le calme à la torpeur.
Quand vient le morne hiver, à la feuille fanée
Rendras-tu la fraîcheur du printemps de l'année?
Oh! laisse reposer mon cœur!

Ami, si je t'avais rencontré dès l'aurore,
Quand le matin aux feux de l'Orient se dore,
Ton sort du mien peut-être eût-il été vainqueur.

Peut-être ton sourire eût-il séché mes larmes;
Mais c'est moi qui, vaincue, aujourd'hui rends les armes.
Oh ! laisse reposer mon cœur !

Il est trop tard ! Les feux dont le couchant s'enflamme
Sont les derniers reflets que projette notre âme;
C'est du bonheur qui fuit le sourire moqueur,
Et je revois mes jours comme, après le naufrage,
Le marin, son navire échoué sur la plage.
Oh ! laisse reposer mon cœur !

LE SOIR AU BORD DE LA MER

Combien l'heure m'est précieuse,
Quand du soir sonne l'oraison,
Et que la nuit, silencieuse,
Frappe aux portes de l'horizon !

Quand au ciel naissent les étoiles,
Quand le soleil s'éteint aux flots,
Quand les barques carguent leurs voiles
Aux chants joyeux des matelots,

Alors il semble qu'on respire
Le calme dans le vent du soir,
Et que le passé, qui soupire,
A l'avenir lègue l'espoir!

Je contemple à travers l'écume,
Comme un pont flottant et vermeil,
Le sentier lumineux qu'allume
Au sommet des flots le soleil.

Car cette route est pour moi celle
Qui mène, après l'adversité,
L'homme à la Délos immortelle
Flottante sur l'éternité!

LA MAGICIENNE

IMITATION DE LA DEUXIÈME IDYLLE DE THÉOCRITE

Approche, Thestylis, où sont les lauriers-roses,
Le vase couronné de la rouge toison ;
Où sont les pâles fleurs sur les tombes écloses,
Qui doivent composer mon amoureux poison !

Depuis dix jours Delphis a déserté ma couche,
Delphis, mon seul bonheur, Delphis, mes seuls amours ;
Pas un trait de sa main, pas un mot de sa bouche
N'est venu consoler mon cœur depuis dix jours !

Depuis dix jours, hélas! je pleure, solitaire;
Depuis dix jours en vain je l'appelle et l'attends :
La déesse de Cnyde et le Dieu de Cythère
Ont ailleurs égaré ses esprits inconstants.

Oh! demain, au gymnase où la foule se presse,
Je veux le voir, je veux lui reprocher mes pleurs;
Mais, cette nuit, d'abord, magique enchanteresse,
Essayons, ô Circé! de tes charmes vainqueurs.

Éclaire-moi, Phœbé, de ta lueur sereine,
Mon chant s'adresse à toi, pâle divinité!
Diane chasseresse, Hécate souterraine,
Qui fais hurler les chiens pendant l'obscurité.

Que la flamme, d'abord, brûle le blanc narcisse,
Que le rose laurier siffle en se consumant,
Que le sombre aconit au feu s'anéantisse,
Et versons au brasier ce breuvage fumant.

Magique oiseau, vers moi ramène mon amant.

Delphis cause mes maux, c'est pour lui que je brûle,
Narcisse, laurier-rose, aconit azuré;
C'est pour lui qu'au brasier je verse sans scrupule
Le suc du pavot noir de mon sang empourpré.

Branches, feuilles et fleurs, tout n'est plus que fumée;
Par la vierge de Crête, oubliée à Naxos!
Que ta chair, ô Delphis! soit ainsi consumée,
Et que le feu vengeur ronge jusqu'à tes os!

O Vénus! dans ma main, par un effort pénible,
Vois ce disque d'airain tourner rapidement;
Que Delphis, aux abords de ma porte inflexible,
A ce disque pareil, tourne inutilement.

Magique oiseau, vers moi ramène mon amant.

De même que je fais fondre au feu cette cire,
Fais fondre ainsi son cœur au feu de son remords.

Maître de l'univers, toi par qui tout respire,
Amour, Dieu tout-puissant, Dieu vainqueur de la mort.

Thestylis, le hibou gémit, le chien aboie,
La lune, épouvantée, hésite dans son cours,
La ville a suspendu ses murmures de joie,
La déesse terrible est dans les carrefours!...

Une sombre vapeur au loin couvre la plaine,
Un magique brouillard voile le firmament;
Esclave, prends ce philtre, et cours tout d'une haleine
Sur le seuil de Delphis le répandre fumant.

Magique oiseau, vers moi ramène mon amant.

Et maintenant, Phœbé, que ta face est voilée,
Que mon regard distingue à peine ton contour,
Qu'ensemble nous voilà seules dans la vallée,
Que le hibou se tait au sommet de la tour,

Apprends, chaste Phœbé, comment vint mon amour.

Un matin, Anaxo, prêtresse de Diane,
— Hélas! c'était au mois des brûlantes chaleurs, —
Se rendait, au milieu d une foule profane,
Au bois sacré, portant et le lait et les fleurs.

Ma nourrice me dit : — Symèthe, le cortége
Passe, à cette heure, au pied du temple de Junon;
Cours, tu le rejoindras. — J'y courus... Que faisais-je?
Je le vis!... De mes maux c'est le premier chaînon.

Il marchait, s'appuyant au bras du beau Néarque;
Je crus, en le voyant, voir Phœbus, dieu du jour :
Je me sentis mourir. Oh! pourquoi donc la Parque
Permit-elle à ma vie un si cruel retour!

Apprends, chaste Phœbé, comment vint mon amour.

Ma raison s'égara. Mon âme, de ma lèvre,
Pour s'élancer vers lui fut prête à s'envoler.
Pendant dix jours entiers, d'une incessante fièvre
Je me sentis ensemble et transir et brûler.

Oh ! quelle est la sorcière et la magicienne
Dont ma crédulité n'ait assiégé le seuil?
Quelle est la Calabraise ou la Thessalienne
Qui n'ait devant son art vu plier mon orgueil?

J'appelai Thestylis : — Sache où Delphis demeure,
Si tu ne veux me voir descendre au noir séjour.
Va, cours, trouve Delphis, et dis-lui que sur l'heure
Il vienne, ou que j'expire avant la fin du jour.

Voilà, chaste Phœbé, comment vint mon amour.

Thestylis reparut, et Delphis derrière elle.
Oh! lorsque je le vis, du seuil de la maison,
Fixer sur moi le feu de sa noire prunelle,
Je pâlis, et devins plus froide qu'un glaçon.

Alors lui, sur son sein laissant tomber sa tête,
Le perfide qu'il est, dit, en me regardant :
— L'esclave qui m'appelle auprès de toi, Symèthe,
N'a fait que devancer mon vœu le plus ardent;

Car j'y fusse venu, dès ce soir, de moi-même,
A cette heure où la nuit lutte contre le jour ;
J'y fusse venu, ceint du myrte, tendre emblème,
J'en jure par Vénus et par le doux Amour.

Et, si, malgré l'ardeur du feu qui me transporte.
Tu n'eusses point voulu de Delphis pour ton roi;
Si le verrou cruel m'eût interdit ta porte,
La hache m'eût ouvert un chemin jusqu'à toi.

Ainsi dit-il... Et moi, faible, hélas! et crédule,
Je l'attirai vers moi, de mes bras l'enchaînant...
L'étincelle suffit au cœur qui déjà brûle.
Chaste reine des nuits, tu sais tout maintenant !

Pendant près de trois mois écoulés dans la joie.
Sans que rien présageât un funeste retour,
La Parque nous tissa des jours d'or et de soie,
Où la main de la nuit brodait le mot amour.

Mais aujourd'hui Philista, la joueuse de flûte,
Que, tout enfant déjà, j'aimais comme une sœur,
Et qui, plus tard, aux jours de tristesse et de lutte,
M'a fait du dévouement connoître la douceur,

Est venue, à cette heure où l'aurore aux bras roses
S'élance de la mer pour monter dans les cieux,
S'asseoir près de ma couche, et, parmi d'autres choses,
M'a dit, la voix tremblante et détournant les yeux :

« Celui que tu croyais absent de Syracuse,
Mais, tout absent qu'il fût, enchaîné sous tes lois,
Delphis, l'ingrat Delphis, que ta pâleur accuse,
Est plus coupable encor, ma sœur, que tu ne crois.

« Hier, on l'a vu, d'amis se faisant un cortége,
Dans un joyeux festin qui dura jusqu'au jour,
Remplissant par trois fois sa coupe sacrilége,
Et buvant chaque fois à son nouvel amour. »

Oh ! Phlista, tu n'as fait que rouvrir ma blessure :
Mon cœur, depuis dix jours, plus d'une fois douta ;
Mais aujourd'hui je suis trahie et j'en suis sûre,
Car mon cœur me le dit encor plus que Phlista.

Cependant essayons des magiques breuvages
Pour ramener à moi mon infidèle amant;
Mais, s'il ne revient pas, sur les sombres rivages
Son ombre, dès demain, errera tristement.

J'en jure par Pluton et par sa pâle épouse,
Dès demain ! Car telle est la force du poison
Qu'au besoin, pour servir ma vengeance jalouse,
Un hôte assyrien laissa dans ma maison.

Et maintenant, adieu, déesse aux clartés mornes,
C'est assez d'un regard tombé sur ma douleur !
Fuis, et, te dirigeant vers l'Océan sans bornes,
Laisse le malheureux seul avec son malheur.

Regagne, avant le jour, ton temple aux bleus pilastres,
Et, traçant ton chemin de nacre dans les cieux,
Entraîne dans ton cours le cortége des astres,
Qui suit, obéissant, ton char silencieux.

CROYEZ-MOI

In the morning of the life?
THOM. MOORE.

Croyez-moi, ce n'est point quand notre âme ravie
Rayonne transparente aux portes de la vie,
Vierge qu'elle est encor de soucis et de pleurs ;
Ce n'est point quand nos pieds, humides de rosée,
Risquent leur premier pas dans le frais Élysée
Que couvre le printemps de son tapis de fleurs ;

Ce n'est point quand notre œil prend pour guide suprême
Le rayon décevant qui jaillit de nous-même,

Éclairant le départ et jamais le retour ;
Ce n'est point dans ces jours d'éphémères tendresses,
Où le bonheur s'escompte en rapides ivresses,
Qu'on aime d'un profond et véritable amour.

Non! — C'est quand nous avons, roses déjà fanées,
Vu fuir au cours du temps nos premières années;
C'est quand pâlit le feu qu'on ne peut rallumer,
C'est quand, ayant vidé la coupe aux jours sans ombre,
Nous avons commencé de boire à l'urne sombre;
C'est alors seulement que nous savons aimer !

C'est alors seulement, croyez-moi, qu'en notre âme
D'un véritable amour peut s'allumer la flamme :
Il lui faut un soleil au zénith arrêté ;
Il lui faut le nuage à la foudre grondante ;
Il lui faut le lion à la crinière ardente :
Le véritable amour est une fleur d'été.

Pour que son éclat brille et son odeur parfume,
Il lui faut la douleur et son âcre amertume,

Le doute palpitant et l'espoir incertain,
La sombre jalousie aux nocturnes alarmes,
Et les songes cruels s'abreuvant de nos larmes,
Comme les fleurs de mai des larmes du matin.

A L'ESPÉRANCE

O toi, qui de mon cœur fus si longtemps la reine,
Toi, dont le rayon d'or s'est éteint dans mes pleurs;
Espérance ! pourquoi, décevante sirène,
Reparaître à mes yeux, les mains pleines de fleurs ?

Pourquoi venir encor, caressante et trompeuse,
Me faire frissonner aux accents de ta voix ?
J'étais calme du moins si j'étais malheureuse :
Mieux vaut souffrir toujours que d'espérer parfois.

Si la joie aujourd'hui, traversant ma nuit sombre,
Venait, brillant éclair, enflammer l'horizon,
Mes yeux, depuis longtemps accoutumés à l'ombre,
Se fermeraient, brûlés par son ardent rayon.

Retourne donc, beau rêve, à celle qui t'envoie :
Le seul vouloir qui reste à mon cœur oppressé
Est, non pas d'espérer un avenir de joie,
Mais l'attendre, craintive, en songeant au passé.

NE PLEUREZ PAS !

Ne pleurez pas ceux-là que la tombe dévore
Avant que le malheur ait flétri leur aurore
De son souffle capricieux ;
Avant que le péché, démon héréditaire,
Ait profané leur cœur, blanche fleur que la terre
Avait fait naître pour les cieux !

Le trépas de leurs jours n'a point tari la source ;
Mais, pareils au ruisseau que glace dans sa course
La froide haleine des hivers,

Et qui, pour un instant, suspendant son murmure,
S'endort pétrifié sous la sombre ramure
Des cyprès aux feuillages verts,

Ils reposent muets jusqu'à l'heure féconde
Où la face de Dieu, se levant sur le monde,
Resplendira, divin flambeau.
Et, sous l'ardent rayon de l'éternelle flamme,
Fera fondre la mort et délivrera l'âme
De l'esclavage du tombeau.

LE CHEVREUIL

Un chevreuil bondissait, haletant dans la plaine,
La meute, en aboyant, sur ses pas fendait l'air;
Un chasseur la suivait sur son cheval d'ébène,
Léger comme le vent, vite comme l'éclair.

Tout à coup, au-dessus d'une verte charmille,
Occupée à cueillir des fleurs dans un jardin,
Le chasseur, en passant, vit une jeune fille
Plus radieuse qu'Ève au milieu de l'Éden.

Le chasseur rappela la meute dévorante,
Arrêta son cheval ruisselant de sueur :
Chevreuil, tu peux en paix brouter l'herbe odorante,
Car ce n'est plus à toi que pense le chasseur.

LE CHÊNE

Vous qui venez chercher l'ombre sous mon feuillage,
Voulez-vous qu'aujourd'hui je vous dise mon âge,
Jeunes gens et vieillards?
Je suis le vert Titan qui, dix fois centenaire,
Brave, depuis mille ans, juillet et son tonnerre,
Décembre et ses brouillards.

Pendant mille ans j'ai vu dans leur cours monotone
Renaître le printemps et remourir l'automne;
J'ai vu pendant mille ans,

Comme des ennemis se disputant la place,
Régner chacun leur tour et les hivers de glace
Et les étés brûlants.

J'ai vu pendant mille ans, — orgueil héréditaire,
Ceux-là qui se disaient les maîtres de la terre
Et les élus du ciel,
Venir, se succédant en phalanges sans nombre,
Aïeux, pères et fils, s'endormir sous mon ombre
Du sommeil éternel !

Et, comme si la mort était trop lente encore,
J'ai vu ces insensés qui durent une aurore
Avides du tombeau.
L'un l'autre se heurtant de la lance et du glaive,
Eux-mêmes d'une vie aussi courte qu'un rêve
Éteindre le flambeau.

D'autres, qu'épouvantaient ces promptes funérailles,
Bâtissaient des donjons aux épaisses murailles,
Aux immenses contours,

Des remparts, des châteaux, des tours, des monastères,
Comme si de ces murs les hôtes éphémères
Devaient vivre toujours!

Mais, si haut dans les airs qu'ils portassent leur faite,
Un jour ces monuments sentirent sur leur tête
Les ans appesantis,
Et je les vis crouler, mêlant granit et pierre,
Leur poussière de marbre à l'humaine poussière
Qui les avait bâtis.

A mon tour maintenant de penser à ma chute :
Vieil athlète lassé par dix siècles de lutte,
Je penche vers la mort!
Ma séve se tarit, ma moelle se calcine,
Et je sens chanceler ma puissante racine
Sous le ver qui la mord!

Et toi, fille d'hier, qui, flexible et joyeuse,
Te balances au vent plus frêle que l'yeuse
Et me succédera;

O tige ! dont la tête au sein de la nuée,
Au tonnerre, à l'éclair, aux vents habituée,
Puissante grandira;

Toi, qui verras passer tant de frivoles gloires,
Combien de gais récits, de lugubres histoires
Ou de faits éclatants
Tu pourras raconter aux fils des autres âges
Si, comme moi, tu dois, au milieu des orages
Vivre dix fois cent ans !

LE MOURANT

Des vapeurs de la mort déjà mon œil se voile.
Et la lampe qui brûle à mon chevet fiévreux
A ma vue apparaît plus pâle que l'étoile
Au fond du brouillard ténébreux.

Près de moi je te sens, inflexible inconnue,
A la main de squelette, au front chauve et glacé :
Te voilà donc enfin, ô mort! sois bienvenue!
Le temps des regrets est passé!

Déjà depuis longtemps la trompeuse espérance
Est remontée aux cieux, me laissant sans soutien;
Je sais que le secret de la vie est — souffrance : —
O mort! dis-moi vite le tien!

Dormez, vous tous dont l'âme a repoussé mon âme :
Quand mon cœur au tombeau va cacher son affront,
Que l'ange aux rêves d'or de son aile de flamme
Caresse en passant votre front!

Un seul cœur me comprit sur la route fatale,
C'est le vôtre, ô ma mère! et je vous quitte, hélas!
Ne me disputez pas, mère, à la Vierge pâle
Qui déjà m'étreint dans ses bras.

Vos doux et chauds baisers m'attachaient à la terre
Et rivaient ici-bas ma chaîne de douleurs,
Mais la mort pour toujours, de son baiser austère,
Dans mes yeux va sécher les pleurs.

Dormez, et, quand demain la matinale aurore,
L'aurore, à qui j'ai dit un éternel adieu,
Ouvrira de sa main l'orient quelle dore
Au soleil, sourire de Dieu;

Quand les petits oiseaux avec leur doux ramage,
Quand avec son parfum la fleur chère aux amours
Offriront au Seigneur leur innocent hommage,
Moi, je dormirai pour toujours.

Ma bouche, par le sceau de la tombe pressée,
Ne consolera plus votre cœur éploré;
Mais dans mon œil éteint une larme glacée
Vous apprendra que j'ai pleuré.

L'AMOUR ET L'ESPÉRANCE

Au bord de l'Océan, l'Amour et l'Espér nce
Regardaient, un matin, se lever le soleil;
Les vagues, de l'éther avaient la transparence,
Et, comme l'orient, le flot était vermeil.

Midi vint. Le soleil embrasa le rivage;
En souriant, l'Amour dans son esquif monta,
Disant à l'Espérance : « Attends-moi sur la plage,
Je te quitte un instant. » L'Espérance resta !

Et, des bords de l'esquif, l'Amour disait encore :
« Ne crains rien, je reviens avant la fin du jour. »
Son sourire était doux. — Aussi doux qu'à l'aurore.
L'Espérance était femme, elle crut à l'Amour.

La barque disparut ; tout entière à son rêve,
L'Espérance, en comptant chaque heure qui passait,
Resta seule debout, et traçant sur la grève
Le nom cher que la vague en montant effaçait.

Le soir vint. Une barque à l'éclatante voile,
Voguant vers le rivage, à l'horizon parut.
Un fanal, à son bord, brillait comme une étoile :
Au-devant de l'esquif l'Espérance accourut.

D'une trompeuse joie elle s'est enivrée :
Celle qui fend les eaux sur son palais flottant,
Ce n'est que la Richesse à la robe dorée,
Tandis que c'est l'Amour que l'Espérance attend.

Mais un second esquif s'approche de la rive.
La lune au froid rayon éclaire son retour;
Hélas ! déjà trompée, elle accourt, mais craintive :
Ce n'est que l'Amitié, pâle sœur de l'Amour.

Et le jour reparut. Confiante au mensonge,
L'Espérance à l'Amour tendait encor les bras.
Mais son bonheur d'hier était mort comme un songe.
En vain elle attendit : l'Amour ne revint pas.

FIN.

TABLE

TABLE

BIBLIOTHÈQUE IMPÉRIALE IMPR.

PARIS. — IMP. SIMON RAÇON ET COMP., RUE D'ERFURTH, 1.